VAIRVERT
OU
LES VOYAGES
DU
PERROQUET
DE LA VISITATION DE NEVERS.

POEME
HEROI-COMIQUE.

A LA HAYE.
Chez GUILLAUME NIEGARD.
M. DCC. XXXIV.

AVERTISSEMENT
DU LIBRAIRE.

VOici un Ouvrage de M. G*** fameux par la Traduction des Eglogues de Virgile & par d'autres petites Piéces qui sont dans le même Recüeil, mis au jour cette année. On peut dire que ce petit Poëme est tout-à-fait rempli de bon sens, & que l'Auteur a parfaitement bien réüssi à peindre l'éducation d'un aimable Perroquet, les soins qu'en prenoient de saintes & dévotes Religieuses, dont la pieté n'étoit pas si rigide, qu'elle ne prît quelque relâche. La pieté, les voyages du saint Oiseau, la perte de son innocence, sa conversion & sa mort étoient certes des objets bien dignes de la joye & des pleurs de ces aimables Nonnes. Glose qui voudra, il n'y a que des cœurs insensibles, qui ne soient pas touchés à la vûë d'un objet si charmant. Je ne suis pas de ce nombre; aussi me suis-je trouvé obligé de rendre justice à l'Auteur

& à l'amour de ses Heroïnes. Un de ses amis qui est aussi des miens, m'a envoyé la Copie que je mets aujourd'hui au jour. Je profite de cette occasion, mon cher Lecteur, pour vous faire connoître combien je suis zélé pour vôtre divertissement. Les deux petites Piéces qui suivent, ne sont pas moins agréables, & je suis persuadé qu'elles rèjoüiront autant les Curés sçavans, que les Chanoines dévots.

VAIRVERT, OU LES VOYAGES DU PERROQUET, DE LA VISITATION DE NEVERS.

*A Madame de L. de T. Abbesse de *****

VOUS près de qui les Graces solitaires
Brillent sans fard, & régnent sans fierté,
Vous dont l'esprit, né pour la vérité,
Sçait allier à des vertus austéres
Le Goût, les Ris, l'aimable liberté;
(Puisqu'à vos yeux vous voulez que je trace,
D'un noble Oiseau la touchante disgrace,)
Soyez ma Muse, échauffez mes accens,
Et prêtez-moi ces Sons intéressans

Ces tendres sons que forma vôtre Lire,
Lorsque Sultane, * au Printems de ses jours,
Fut enlevée à vos tristes amours,
Et descendit au ténébreux Empire :
De mon Héros les illustres malheurs
Peuvent aussi se promettre vos pleurs ;
Sur sa vertu par le sort traversée,
Sur son voyage & ses longues erreurs
On auroit pû faire une autre Odyssée,
Et par vingt Chants endormir les lecteurs ;
On auroit pû des Fables surannées
Ressusciter les Diables & les Dieux,
Des faits d'un mois occuper des années,
Et sur des tons d'un Sublime ennuyeux,
Psalmodier la course infortunée
D'un Perroquet non moins brillant qu'Enée,
Non moins dévot, plus malheureux que lui,
Mais trop de Vers emporte trop d'ennui ;
Les Muses sont des Abeilles volages,
Leur goût voltige, il fuït les longs Ouvrages ;
Et ne prenant que la fleur d'un Sujet,
Vole bien-tôt sur un nouvel Objet :
Dans vos leçons j'ai puisé ces maximes ;
puissent vos loix se lire dans mes Rimes !
Si trop sincére en traçant ces portraits,

* *Epagneule.*

J'ai dévoilé les mistéres secrets,
L'art des Parloirs, la science des Grilles,
Les graves Riens, les mistiques vetilles ;
Vôtre enjoûëment me passera ces traits :
Une raison, exempte de foiblesses,
Sçait vous sauver ces fades petitesses ;
Sur vôtre esprit, soûmis au seul devoir,
L'illusion n'eut jamais de pouvoir,
Vous sçavez trop qu'un front que l'Art déguise,
Plaît moins au Ciel qu'une aimable franchise ;
Si la vertu se montroit aux Mortels,
Ce ne seroit ni par l'art des grimaces,
Ni sous des traits farouches & cruels,
Mais sous vôtre air, ou sous celui des Graces,
Qu'Elle viendroit mériter nos Autels.

DANS maint Auteur de science profonde
J'ai lû qu'on perd à trop courir le Monde ;
Très-rarement meilleur on en devient,
Presque toûjours pire encore on revient,
Mieux vaut cent fois vivre au sein de nos Lares,
Et conserver, paisibles Cazaniers,
Nôtre vertu dans nos propres Foyers,
Que parcourir Bords lointains & Barbares,
Sans quoi le cœur, victime des dangers,

Revient chargé des vices étrangers.
Sûr est ce Point ; mais pour preuve plus ample,
Au dernier siécle, il en fut un exemple
Triste, étonnant, mais trop vrai ; tout Nevers
Si l'on en doute, attestera mes Vers.

A Nevers donc, chez les Visitandines
Vivoit n'aguére un Perroquet fameux,
A qui son art & son cœur généreux,
Ses vertus même, & ses graces badines
Auroient dû faire un sort moins rigoureux,
Si les beaux cœurs étoient toûjours heureux:
Vairvert (c'étoit le nom du personnage)
Transplanté-là de l'Indien Rivage,
Fut, jeune encor, ne sçachant rien de rien,
Au susdit Cloître enfermé pour son bien ;
Il étoit beau, brillant, leste & volage,
Aimable & franc comme on l'est au bel âge,
Né tendre & vif, mais encor innocent,
Bref digne oiseau d'une si sainte Cage,
Par son caquet digne d'être en Couvent.

Pas n'est besoin, je pense, de décrire,
Les soins des Sœurs, des Nonnes, c'est tout dire:
Et chaque Mere, après son Directeur,
N'aimoit rien tant ; même dans plus d'un Cœur
(Ainsi l'écrit un Croniqueur sincére)

Souvent l'Oiseau l'emporta sur le Pere :
Il partageoit dans ce paisible lieu
Tous les Sirops dont le cher Pere en Dieu
Réconfortoit ses entrailles sacrées,
Grace aux bien-faits des Nonnettes sucrées ;
Objet permis à leur oisif amour
Vairvert étoit l'Ame de ce sejour,
Exceptez-en quelques Vieilles dolentes
Des jeunes Cœurs jalouses Surveillantes,
Il étoit cher à toute la Maison :
N'étant encor dans l'âge de raison,
Libre il pouvoit & tout dire & tout faire,
Il étoit sûr de charmer & de plaire,
Des bonnes Sœurs égayant les travaux,
Il bequettoit & guimpes & bandeaux ;
Il n'étoit point d'agréable Partie,
S'il n'y venoit briller, caracoller,
Se pavaner, siffler rossignoler,
Il badinoit, mais avec modestie,
Avec cet air timide & tout prudent,
Qu'une Novice a même en badinant.
Par plusieurs voix interrogé sans cesse,
Il répondoit à tout avec justesse :
Tel autrefois César en même tems
Dictoit à quatre en stiles differens.

Admis par-tout, si l'on en croit l'Histoire,
L'Oiseau chéri mangeoit au Réfectoire;
Là tout s'offroit à ses friands desirs,
Outre qu'encor pour ses menus plaisirs,
Pour occuper son ventre infatigable
Pendant les tems qu'il passoit hors de table,
Mille bonbons, mille exquises douceurs
Chargeoient toûjours les poches de nos Sœurs.
Les petits soins, les Attentions fines
Sont nez, dit-on, chez les Visitandines,
L'heureux Vairvert l'éprouvoit chaque jour,
Plus mitonné qu'un Perroquet de Cour;
Tout s'occupoit du beau Pensionnaire,
Ses jours couloient dans un noble loisir,
Au grand Dortoir il couchoit d'ordinaire,
Là de Cellule il avoit à choisir,
Heureuse encor, trop heureuse la Mere
Dont il daignoit, au retour de la Nuit,
Par sa presence honorer le réduit:
Très-rarement les antiques Discrettes
Logeoient l'Oiseau; des Novices proprettes
L'Alcolve simple étoit plus de son goût;
Car remarquez qu'il étoit propre en tout;
Quand chaque soir, le jeune Anachorette
Avoit fixé sa nocturne retraite,

Jusqu'au lever de l'Astre de Venus,
Il reposoit sur la *boëte aux Agnus*:
A son reveil de la fraîche Nonnette,
Libre Témoin, il voyoit la toilette,
Je dis toilette, & je le dis tout bas,
Oüi, quelque part j'ai lû qu'il ne faut pas
Aux fronts voilez des miroirs moins fidelles,
Qu'aux fronts ornez de clinquants & dentelles;
Ainsi qu'il est pour le Monde & les Cours
Un art, un goût de modes & d'atours,
Il est aussi des modes pour le Voile,
Il est un art de donner d'heureux tours
A l'étamine, à la plus simple toile;
Souvent l'Essein des folâtres Amours,
Essein qui sçait franchir Grilles & Tours,
Donne au bandeau une grace piquante,
Un air galant à la guimpe flottante,
Enfin, avant de paraître au Parloir
On doit au moins deux coups d'œil au miroir:
Ceci soit dit entre nous, en silence,
Sans autre écart revenons au Héros,
Dans ce sejour de l'oisive indolence
Vairvert vivoit sans ennuis, sans travaux.

Qui l'auroit dit dans ces jours pleins de charmes,
Qu'en pure perte on cultivoit ses mœurs,

Qu'un tems viendroit, tems de crimes & d'allarmes,
Où ce Vairvert, tendre Idole des cœurs,
Ne seroit plus qu'un triste objet d'horreurs!
Arrête, Muse, & retarde les larmes
Que doit coûter l'aspect de ces malheurs,
Fruit trop amer des égards de nos Sœurs!
On juge bien qu'étant à telle Ecole,
Point ne manquoit du Don de la Parole
L'Oiseau disert: hormis dans les repas,
Tel qu'une Nonne il ne déparloit pas;
Bien est-il vrai qu'il parloit comme un Livre,
Toûjours d'un ton confit en sçavoir-vivre,
Il n'étoit point de ces fiers Perroquets
Que l'art du siécle a rendu trop coquets,
Et qui sifflez par des Bouches mondaines
N'ignorent rien des vanitez humaines;
Vairvert étoit un Perroquet dévot,
Une belle ame innocemment guidée,
Jamais du mal il n'avoit eu l'idée,
Ne sçavoit onc un immodeste mot,
Mais en revanche il sçavoit des Cantiques,
Des *Oremus*, des Colloques mystiques,
Il disoit bien son *Benedicité*,
Et *nôtre Mere*, & *vôtre Charité*,
Il sçavoit même un peu du Soliloque,

Et des traits fins de Marie Alacoque.
Il avoit eu dans ce docte manoir
Tous les secours qui ménent au sçavoir ;
Il étoit-là plusieurs filles sçavantes,
Qui mot pour mot portoient dans leurs cerveaux
Tous les Noëls anciens & nouveaux ;
Instruit, formé par leurs leçons fréquentes,
Bien-tôt l'Eleve égala ses Régentes ;
De leur ton même adroit imitateur,
Il exprimoit la pieuse lenteur,
Les saints soupirs, les nottes languissantes
Du Chant des Sœurs, Colombes gémissantes,
Finalement Vairvert sçavoit par cœur
Tout ce que sçait une Mere de Chœur.

Trop resserré dans les bornes d'un Cloître
Un tel mérite au loin se fit connoître
Dans tout Nevers ; du matin jusqu'au soir
Il n'étoit bruit que des Scénes mignonnes
Du Perroquet des bienheureuses Nonnes.
De Moulins même on venoit pour le voir :
Le beau Vairvert ne bougeoit du Parloir,
Sœur Mélanie, en guimpe toûjours fine,
Portoit l'Oiseau ; d'abord aux spectateurs
Elle en faisoit admirer les couleurs,
Les agrémens, la douceur enfantine ;

Son air heureux ne manquoit point les cœurs ;
Mais la beauté du tendre Néophite
N'étoit encore que le moindre mérite,
On oublioit ses attraits enchanteurs
Dès que sa voix frappoit les Auditeurs,
Orné, rempli des saintes gentillesses
Que lui dictoient les plus jeunes Professes ;
L'illustre Oiseau commençoit son recit
Toûjours avec de nouvelles finesses
Un vrai talent, un gracieux débit,
Et se montroit un prodige d'esprit :
Eloge unique, & difficile à croire,
Nul ne dormoit dans tout son Auditoire,
(Quel Orateur en pourroit dire autant ?)
On l'écoutoit, on vantoit sa mémoire,
Son goût, ses tours, son air de sentiment,
Lui cependant stilé parfaitement,
Bien convaincu du néant de la gloire,
Se rengorgeoit toûjours dévotement,
Et triomphoit toûjours modestement.
Quand il avoit débité sa science,
Serrant le bec & parlant en cadence",
Il s'inclinoit d'un air sanctifié,
Et laissoit-là son monde édifié ;
Il n'avoit dit que des Phrases gentilles,

Que des douceurs, excepté quelques mots
De médisance, & tels propos de filles,
Que par hazard il apprenoit aux Grilles,
Ou que nos Sœurs traittoient dans leur Enclos.

Ainsi vivoit dans ce nid délectable
En Maître, en Saint, en Sage véritable,
Pere Vairvert, cher à plus d'une Hébé,
Gras comme un Moine, & non moins vénérable,
Beau comme un cœur, sçavant comme un Abbé,
Toûjours aimé, comme toûjours aimable,
Civilisé, musqué, pincé, rangé,
Heureux enfin s'il n'eût point voyagé!
Mais vint ce tems d'affligeante mémoire,
Ce tems critique où s'éclipsa sa gloire:
O crime! ô honte! ô cruel souvenir!
Fatal voyage! aux yeux de l'Avenir
Que ne peut-on en dérober l'Histoire?
Ah qu'un grand Nom est un Bien dangereux!
Un sort caché fut toûjours plus heureux;
Sur cet exemple on peut ici m'en croire,
Trop de talens, trop de succès flâteurs
Traînent souvent la ruïne des mœurs.

Ton nom, Vairvert, tes Proüesses brillantes
Ne furent point bornés à ces Climats,
La Renommée annonça tes appas,

Et vint porter ta gloire jusqu'à Nantes.
Là, comme on sçait, la Visitation
A son troupeau de Révérendes Méres,
Qui, comme ailleurs, dans cette Nation
A tout sçavoir ne sont pas les dernieres,
Par-quoi bien-tôt apprenant des premieres.
Ce qu'on disoit du Perroquet vanté,
Desir leur vint d'en voir la vérité ;
Desir de Fille est un feu qui dévore,
Desir de Nonne est cent fois pire encore :
Déja les cœurs s'envolent à Nevers,
Voilà d'abord vingt têtes à l'envers
Pour un Oiseau l'on écrit tout-à-l'heure
En Nivernais à la Supérieure,
Pour la prier que l'Oiseau plein d'attraits
Soit, pour un tems, amené par la Loire,
Et que conduit aux Rivages Nantais
Lui-même il puisse y joüir de sa gloire,
Et se prêter à de justes souhaits :
La Lettre part ; quand viendra la réponse ?
Dans douze jours : quel Siecle jusques-là !
Lettre sur Lettre, & nouvelle semonce,
On ne dort plus, Sœur Cécile en mourra.
Or à Nevers arrive enfin l'épitre,
Grave sujet ! on tient le grand Chapitre ;

Telle requête effarouche d'abord ;
« Perdre Vairvert ! oh Ciel, plûtôt la mort !
« Dans ces tombeaux, sous ces Tours désolées,
« Que ferons-nous si ce cher Oiseau sort ?
Ainsi parloient les plus jeunes Voilées
Dont le cœur vif, & las de son loisir,
S'ouvroit encor à l'innocent plaisir ;
L'avis pourtant des Meres Assistantes,
De ce Sénat antiques Présidentes,
Dont le vieux cœur aimoit moins vivement,
Fut d'envoyer le Perroquet charmant
Pour quinze jours ; car, en têtes prudentes,
Elles craignoient qu'un refus obstiné
Ne les broüillât avec nos Sœurs de Nantes,
Ainsi jugea l'Etat embeguiné.
A cet Arrêt des Miladis de l'Ordre,
La Chambre-basse entre en fort grand desordre ;
« Quel sacrifice ! y peut-on consentir ?
« Est-il donc vrai ? (dit la Sœur Séraphine)
Quoi nous vivons, & Vairvert va partir ! .....
D'une autre part la Mere Sacristine
Trois fois pâlit, soupire quatre fois,
Pleure, fremit, se pâme, perd la voix ;
Tout est en deüil, je ne sçai quel présage,
D'un noir crayon on trace ce voyage ;

Pendant la Nuit des ſonges pleins d'horreur
Du jour encor redoublent la terreur.
Trop vains regrets ! l'inſtant funeſte arrive,
Jà tout eſt prêt ſur la fatale Rive :
Il faut enfin ſe réſoudre aux adieux
Et commencer une abſence cruelle,
Jà chaque Sœur gémit en tourterelle,
Et plaint déja un veuvage ennuyeux ;
Que de baiſers au ſortir de ces lieux
Reçut Vairvert ! quelles tendres allarmes !
On ſe l'arrache, on le baigne de larmes,
Plus il eſt prêt de quitter ce ſéjour,
Plus on lui trouve & d'eſprit & de charmes,
Enfin pourtant il a paſſé le Tour,
Du Monaſtere avec lui fuït l'Amour.
« Pars, va, mon fils, vole où l'Honneur t'apelle,
« Reviens charmant, reviens toûjours fidelle,
« Que le Zéphir te porte ſur les flots,
« Tandis qu'ici pouſſant de vains ſanglots,
« Je languirai forçément exilée,
« Triſte, inconnuë, & jamais conſolée...
« Pars, cher Vairvert, & dans ton heureux cours
« Sois pris par tout pour l'aîné des Amours :
Tel fut l'adieu d'une Nonnain poupine,
Qui pour diſtraire & charmer ſa langueur,

Entre deux draps, avoit à la ſourdine
Très-ſouvent fait l'Oraiſon dans Racine,
Et qui ſans doute auroit de très-grand cœur
Loin du Couvent ſuivi l'Oiſeau parleur.
Mais c'en eſt fait, on embarque le Drôle:
Juſqu'à preſent vertueux, ingénu,
Juſqu'à preſent modeſte en ſa parole;
Puiſſe ſon cœur conſtamment défendu
Au gîte un jour rapporter ſa vertu!
Quoiqu'il en ſoit, déja la rame vole,
Du bruit des eaux les airs ont retenti,
Un bon vent ſouffle, on part, on eſt parti.
La même Nef légere & vagabonde
Qui voituroit le ſaint Oiſeau ſur l'Onde,
Portoit auſſi deux Nymphes, trois Dragons,
Une Nourrice, un Frappart, deux Gaſcons;
Pour un Enfant qui ſort du Monaſtere
C'étoit échéoir en dignes Compagnons;
Auſſi Vairvert ignorant leurs façons
Se trouva-là comme en terre etrangére,
Nouvelle Langue & nouvelles leçons;
L'Oiſeau ſurpris n'entendoit point leur ſtile,
Ce n'étoient plus paroles d'Evangile,
Ni Lieux-Communs du *Pré Spirituel*,
Château de l'Ame, ou chants du Rituel,

Ni traits de Bible & d'Oraiſons mentales,
Tels qu'il oyoit chez nos douces Veſtales,
Ce n'étoient plus de pieux entretiens,
Mais de gros mots & non des plus Chrétiens,
Car les Dragons, Race aſſez peu dévote,
Ne parloient-là que langue de gargotte,
Trinquant ſans ceſſe *à tire-la-rigot*
Ils n'entonnoient que des Hymnes d'Argot,
Puis les Gaſcons & les trois Péronnelles
Y concertoienr ſur des tons de Ruelles,
De leur côté les Batteliers juroient,
Rimoient en Dieu, blaſphémoient & ſacroient,
Leux voix ſtilée aux tons mâles & fermes,
Articuloit ſans rien perdre des termes,
Dans ce fracas, confus, embarraſſé,
Vairvert gardoit un ſilence forcé,
Triſte & muet il n'oſoit ſe produire,
Et ne ſçavoit que penſer ni que dire;

Pendant la roure, on voulut par faveur
Faire jaſer le Perroquet rêveur,
Frere Lubin, d'un ton peu monaſtique
Interrogeant le beau Mélancolique,
L'Oiſeau benin prend ſon air de douceur,
Et vous pouſſant un ſoupir méthodique,
D'un ton pédant répond, *Ave, ma Sœur*:

A cet *Ave*, jugez si l'on dût rire,
Tous en *Chorus* bernent le pauvre Sire,
Ainsi berné, le Novice interdit
Comprît en soi qu'il n'avoit pas bien dit,
Et qu'il seroit mal mené des Comméres
S'il ne parloit la langue des Confréres.
Son cœur né fier, & qui jusqu'à ce tems
Avoit été nourri d'un doux encens,
Ne put garder sa modeste constance
Dans cet assaut de mépris flétrissans :
A cet instant, en perdant patience
Vairvert perdit sa premiere innocence
Dès lors ingrat, en soi-même il maudit
Les cheres Sœurs ses premieres maîtresses,
Qui n'avoient point sçû mettre en son esprit
Du beau Français les brillantes finesses,
Les sons nerveux, & les délicatesses;
A les apprendre il met donc tous ses soins,
Parlant trés peu, mais n'en pensant pas moins.
D'abord l'Oiseau, comme il n'étoit pas bête,
Pour faire place à de nouveaux discours,
Vit qu'il devoit oublier pour toûjours
Tous les *Gaudés* qui farcissoient sa tête,
Ils furent tous oubliez en deux jours,
Tant il trouva la langue à la Dragonne

Plus du bel air que les termes de Nonne :
En moins de rien l'éloquent Animal ,
Helas ! Jeunesse apprend trop bien le mal !)
L'Animal , dis-je , éloquent & docile
En moins de rien fut rudement habile :
Bien vîte il sçut maugréer , renier ,
Mieux qu'un vieux Diable au fond d'un benitier ;
Il démentit les célébres maximes
Où nous lisons qu'on ne vient aux grands crimes
Que par degrez ; il fut un scélérat
Profès d'abord & sans Noviciat.
Trop bien sçut-il aux dépens de sa gloire ,
Tout l'alphabet des Batteliers de Loire ,
Dès qu'un d'iceux dans quelque *Vertigo*
Lâchoit un *Mor*. . . Vairvert faisoit l'Echo :
Lors applaudi par la Bande susdite ,
Fier & content de son petit mérite ,
Il n'aima plus que le honteux honneur
De sçavoir plaire au Monde suborneur ,
Et dégradant son généreux organe
Il ne fut plus qu'un Orateur profane :
Faut-il qu'ainsi l'Exemple séducteur
Du Ciel au Diable emporte un jeune cœur !
Pendant ces jours , durant ces tristes Scénes
Que faisiez-vous dans vos Cloîtres deserts ,

Chastes Iris du Couvent de Nevers !
Sans doute, helas, vous faisiez des neuvaines
Pour le retour du plus grand des ingrats,
Pour un Volage indigne de vos peines,
Et qui soumis à de nouvelles chaînes
De nos amours ne faisoit plus de cas;
Sans doute alors l'accès du Monastere
Etoit d'ennuis tristement obsédé,
La Grille étoit muette & solitaire,
Et le silence étoit presque gardé;
Cessez vos vœux, Vairvert n'en est plus digne,
Vairvert n'est plus cet Oiseau révérend,
Ce Perroquet d'une humeur si bénigne,
Ce cœur, cet esprit si fervent,
Vous le dirai-je ? il n'est plus qu'un brigand,
Lâche Apostat, Blasphémateur insigne,
Les Vents légers & les Nymphes des Eaux
Ont moissonné les fruits de vos travaux;
Ne vantez plus sa science infinie,
Sans la vertu que vaut un grand Génie !
N'y pensez plus, l'ingrat a sans pudeur
Prostitué ses talens & son cœur.
  Déjà pourtant on approche de Nantes
Où languissoient nos Sœurs impatientes;
Pour leurs desirs, trop tard Phébus naissoit,

Des Cieux trop tard Phébus disparaissoit;
Dans ces ennuis, l'espérance flâteuse
A nous tromper toûjours ingénieuse,
Leur promettoit un esprit cultivé,
Un Perroquet noblement élevé,
Une voix tendre, honnête, édifiante,
Des sentimens, un mérite achevé,
Mais ô Douleur! ô vaine & fausse attente!
La Nef arrive & l'Equipage en sort,
Une Tourriere étoit assise au Port,
Dés le départ de la premiere Lettre,
Là chaque jour Elle venoit se mettre,
Ses yeux errans sur le Lointain des flots
Sembloient hâter le Vaisseau du Héros;
En débarquant auprés de la Beguine
L'Oiseau madré la connut à la mine,
A son œil prude ouvert en tapinois,
A sa grand' Coëffe, à sa fine étamine,
A ses gands blancs, à sa doucette voix,
Et mieux encor à sa petite Croix.
Il en frémit, & même il est croyable
Que dans son ame il la donnoit au Diable;
Trop mieux aimant suivre quelque Dragon
Dont il sçavoit le Bachique jargon,
Qu'aller apprendre encor les Litanies,

La révérence & les Cérémonies.
Mais force fut au Grivois dépité
D'être conduit au gîte détesté,
Malgré ses cris la Tourriere l'emporte,
Il la mordoit, dit-on, de bonne sorte
Chemin faisant, les uns disent au coû,
D'autres au bras, on ne sçait pas bien où,
D'ailleurs n'importe ; à la fin, non sans peine
Dans le Couvent la Béate l'améne,
Elle l'annonce avec grande rumeur,
Le bruit en court : aux premieres nouvelles
La Cloche sonne ; on étoit lors au Chœur,
On quitte tout, on court, on a des aîles,
« C'est lui, ma Sœur, il est au grand Parloir,
On vole en foule ; on grille de le voir ;
Les Vieilles même, au marcher simétrique,
Des ans tardifs ont oublié le poids,
Tout rajeunit, & la Mere Angélique
Courut alors pour la premiere fois.

On voit enfin, on ne peut se repaître
Assez les yeux des beautez de l'Oiseau,
C'étoit raison ; car le fripon pour être
Moins bon Garçon, n'en étoit pas moins beau,
Cet œil guerrier, & cet air Petit-Maître
Lui prêtoit même un agrément nouveau.

Faut-il ! grand Dieu ! *que ſur le front* d'un traître
Brillent ainſi les plus tendres attraits !
Que ne peut-on diſtinguer & connaître
Les Cœurs pervers, à de difformes traits ?
Pour admirer les charmes qu'il raſſemble,
Toutes les Sœurs parlent toutes enſemble,
En entendant cet Eſſein bourdonner
On eût à peine entendu Dieu tonner,
Lui cependant parmi tout ce vacarme,
Sans daigner dire un mot de pieté,
Rouloit les yeux d'un air de jeune C * *,
Premier Grief, cet air trop effronté
Fut un ſcandale à la Communauté ;
En ſecond lieu quand la Mere Prieure
D'un air auguſte, en Fille intérieure,
Voulut parler à l'Oiſeau libertin,
Pour premiers mots & pour toute réponſe,
Sans bien penſer aux horreurs qu'il prononce,
Mon Gars répond d'un ton ſec & chagrin,
« *Par la Cor-bleu* que les Nonnes ſont folles !
(L'Hiſtoire dit qu'il avoit en chemin
D'un de la troupe entendu ces paroles)
A ce début la Sœur Saint-Auguſtin
D'un air ſucré voulant le faire taire,
« Et lui diſant, fi donc mon trés cher frere....
Le trés cher frere indocile & mutin

Vous la rima très-richement en *tain* ;
" Ciel ! qu'en sçait-il ? il est sorcier, ma Mere,
" Reprend la Sœur, juste Dieu, quel Coquin !
" Quoi, c'est donc-là ce Perroquet divin ?
Ici Vairvert, en vrai gibier de *Gréve*
L'apostropha d'un *la Peste te créve* ;
Chacune vint pour brider le caquet
Du Grenadier, chacune eut son Paquet ;
Turlupinant les jeunes Précieuses
Il imitoit leur couroux babillard,
Plus déchaîné sur les vieilles Grondeuses
Il bafoüoit leur sermon nazillard :
Ce fut bien pis, quand d'un front de Corsaire,
Bouffi de rage, écumant de colére,
Il entonna tous les horribles mots
Qu'il avoit sçû rapporter des Batteaux ;
Jurant, sacrant d'une voix dissoluë,
Faisant passer tout l'enfer en revûë,
Les *B* les *F* voltigeoient sur son Bec,
Les jeunes Sœurs crûrent qu'il parloit Grec,
Mor... Ventre... Sac... Mille Pipes de Diables...
Toute la Grille à ces mots effroyables
Tremble d'horreur, les Nonnettes sans voix
Font, en fuyant, mille signes de Croix,
Et pensent voir le grand Diable en personne,

« Pere Eternel, dît la Mere Simonne,
« Miséricorde ! ah qui nous a donné
« Cet Antechrist, ce Démon incarné !
« Mon doux Sauveur ! en quelle conscience
« Peut-il ainsi jurer comme un Damné ?
« Est ce donc là l'esprit & la science
« De ce Vairvert si cher & si prôné ?
« Sans plus tarder qu'on le remette en route.
« Vive Jesus ! reprend *la Sœur Ecoute*,
« Quelles horreurs ! chez nos Sœurs de Nevers
« Quoy Parle-t'on ce langage pervers ?
« Quoi c'est ainsi qu'on forme la jeunesse ?
« Quel Hérétique ! ô divine Sagesse !
« Qu'il n'entre point ; avec ce Lucifer
« En garnison nous aurions tout l'Enfer.
  Conclusion, Vairvert est mis en cage,
On se résout, sans douter davantage,
A renvoyer le Parleur scandaleux,
Le Pélerin ne demandoit pas mieux :
Il est proscrit, déclaré détestable,
Traître, imposteur, atteint & convaincu
D'avoir tenté d'entamer la vertu
Des Saintes Sœurs : Toutes, de l'éxécrable
Signent l'arrêt, & pleurent le coupable ?
Car quel malheur qu'il fut si dépravé,

N'étant encor qu'à la fleur de ſon âge,
Et qu'il portât ſous un ſi beau plumage
La fiere humeur d'un Eſcroc achevé,
L'air d'un Payen, le cœur d'un Réprouvé.
Il part enfin porté par la Tourriere,
Mais ſans la mordre en retournant au Port,
Une Cabanne * emporte le Compére,
Et ſans regrets il fuït ce triſte Bord.
De ſes malheurs telle fut l'Iliade;
Quel deſeſpoir, lors qu'enfin de retour
Il vint donner pareille ſérénade,
Pareil ſcandale en ſon premier ſéjour.
Il faut tout dire; il devint enfin ſage,
On le devient quand on ſe ſent ſur l'âge;
Auſſi Vairvert, ſe ſentant déja vieux,
Se reconnut, fit pénitence auſtére,
Garda ſouvent un ſilence ſévere
Avant d'aller rejoindre ſes Ayeux:
Des Batteliers oubliant l'Idiome
Il rappella ſes Premieres Leçons,
Il dépoüilla tout-à-fait le vieil-homme,
Il oublia le Moine & les Dragons,
Et vers le Bien ramenant ſes penſées,
Réctifiant ſes erreurs inſenſées,

* *Nom des Batteaux couverts de la Loire.*

Par le grand bruit de ſa converſion ;
Il ſçut rentrer dans ſes ſplendeurs paſſées,
Et recouvrer ſe réputation.
Deux ans aprés, la Viſitation
Un jour auquel ſe faiſoient deux vêtures,
Le vit mourir d'une indigeſtion
Qu'on lui cauſa par trop de confitures ;
Au Réfectoire expira le Docteur,
Ainſi Vairvert mourut au lit d'honneur ;
On admiroit ſes paroles dernieres
Lorſqu'Atropos, lui fermant les paupieres,
Dans l'Elizée & les ſacrez Boſquets
Le méne au rang des Héros Perroquets,
Prés de celui dont l'Amant de Corinne
A pleuré l'Ombre & chanté la Doctrine.
Dieu tout ſeul ſçait combien l'illuſtre Mort
Obtint de pleurs en terminant ſon ſort ;
Pour le garder à la Race future,
Son portrait fut tiré d'aprèsnature,
Plus d'une main, conduite par l'Amour,
Sçut lui donner une ſeconde vie
Par les couleurs ou par la broderie,
Et la Douleur, travaillant à ſon tour,
Peignit, broda des larmes à l'entour,
On lui rendit tous les Honneurs funébres

Que l'Helicon rend aux Oiſeaux célébres ;
Au Pié d'un Mirthe on plaça le Tombeau
Qui couvre encor le Mauzole nouveau ,
Là par la main des tendres Artemizes
En lettres d'or ces Rimes furent miſes
Sur un Porphire environné de fleurs ;
En les liſant , on ſent naître ſes pleurs :

Novices , qui venez jazer dans ces Bocages
A l'inſçû de nos graves Sœurs ,
Un inſtant , s'il ſe peut , ſuſpendez vos ramages ,
Apprenez nos malheurs :
Vous vous taiſéz ; ſi c'eſt pour vous contraindre,
Parlez , mais parlez pour nous plaindre,
Un mot vous inſtruira de nos tendres douleurs ,
Ci gît Vairvert , ci giſſent tous les cœurs.

On dit pourtant (pout terminer ma gloſe
En peu de mots) que l'Ombre de l'Oiſeau
Ne loge plus dans le ſuſdit tombeau ,
Que ſon eſprit dans les Nonnes repoſe
Et qu'en tout tems , par la Métempſycoſe ,
De Sœurs en Sœurs l'immortel Perroquet
Tranſportera ſon ame & ſon Caquet.

G **

LE

LE CARESME IN-PROMPTU.

SOUS un Ciel toûjours rigoureux,
Au sein des flots impétueux,
Non loin de l'Armorique Plage,
Il est une Isle, affreux Rivage,
Habitacle marécageux
Moitié peuplé, moitié sauvage,
Dont les Habitans malheureux
Séparez du reste du Monde,
Semblent ne connaître que l'Onde,
Et n'être connus que des Cieux:
Des nouvelles de la Nature
Viennent rarement sur ces Bords,
On n'y sçait que par avanture,
Et par de trés-tardifs rapports
Ce qui se passe sur la Terre,
Qui fait la paix, qui fait la guerre,

Qui sont les Vivans & les Morts.

De cette étrange résidence
Le Curé, sans trop d'embarras,
Enséveli dans l'indolence
D'une héréditaire ignorance,
Vit de Baptêmes, de trépas,
Et d'Offices qu'il n'entend pas:
Parmi les Notables de l'Isle
Il est regardé comme habile
Quand il peut dire quelque fois
Le mois de l'An, le jour du Mois.
On va penser que j'exagére,
Et que j'outre ce caractére;
« Quelle apparence! dira-t'on;
« Quelle Isle assez abandonnée
« Ignore le tems de l'Année?
« Non, ce trait ne peut être bon
« Que dans une Isle imaginée
« Par le fabuleux Robinson.

De grace, Censeur incrédule,
Ne jugez point sur ce soupçon;
Un Fait narré sans fiction
Va vous enlever ce scrupule,
Il porte la Conviction,
Je n'y mettrai que la façon.

Le Curé de l'Isle susdite,
Vieux Papa, bon Israëlite,
(N'importe quand advint le cas)
N'avoit point, avant les Etrennes,
Fait apporter de nos Climats
De *Guid'anes* ni d'Almanachs
Pour le guider dans ses Antiennes,
Et régler ses petits Etats :
Il reconnut sa négligence,
Mais trop tard vint la prévoyance,
La Saison ne permettoit pas
De faire voile vers la France ;
Abandonnée aux noirs frimas
La Mer n'étoit plus pratiquable,
Et l'on n'espéroit les bons Vents
Qui rendent l'Onde navigable,
Et le Continent abordable,
Qu'à la naissance du Printems,
Pendant ces trois mois de tempêtes,
Que faire sans Calendrier ?
Comment placer les jours de Fêtes ?
Comment les différencier ?
Dans une pareille méprise
Quelqu'autre Curé plus sçavant
N'auroit pû régir son Eglise,

Et peut-être dévotement
Bravant les fougues de la Bise,
Se seroît livré sans remise
Aux périls du moîte Element :
Mais pour une telle imprudence
Doüé d'un trop bon jugement,
Nôtre bon Prêtre assurément
Chérissoit trop son existence ;
C'étoit d'ailleurs un vieux Routier,
Qui s'étant fait une habitude
Des fonctions de son métier,
Officioit sans trop d'étude,
Et qui dans sa décrépitude
Dégoisoit Pseaumes & Leçons
Sans y faire tant de façons :
Prenant donc son parti sans peine
Il annonce le premier mois,
Et recommande par trois fois
A son Assistance Chrétienne
De ne point finir la semaine
Sans chommer la fête des Rois ;
Ces premiers Points étoient faciles,
Il ne trouva de l'embarras
Qu'en pensant qu'il ne sçauroit pas
Où ranger les fêtes Mobiles :

Qu'y faire enfin ? peu ſcrupuleux,
Il décida, ne pouvant mieux :
Que ces Fêtes, comme ignorées,
Ne ſeroient chez lui célébrées
Que quand, au retour du Zéphir,
Lui-même il auroit pû venir
Prendre langue dans nos contrées :
Il crut cet avis ſelon Dieu,
Ce fut celui de ſon Vicaire,
De Javotte ſa ménagere,
Et de ſon Magiſter Mathieu
La plus forte tête du Lieu.

Ceci poſé, Janvier ſe paſſe ;
Plus agile encor dans ſon cours
Février fuit, Mars le remplace,
Et l'Aquilon regnoit toûjours :
Du Printems, avec impatience,
Attendant le prochain retour
Et ſur l'Annuelle abſtinence
Prétendant cauſe d'ignorance,
Où bonnement & ſans détour
Par faute de réminiſcence,
Nôtre vieux Curé, chaque jour,
Se mettoit ſur la conſcience
Un Chapon de ſa baſſe-cour :

Cependant, pourſuit la Chronique,
Le Carême depuis un mois,
Sur tout l'Univers Catholique
Etendoit ſes auſteres Loix:
L'Iſle ſeule, grace au bon Homme,
A l'abri des Statuts de Rome
Voyoit ſes libres Habitans
Vivre en gras pendant tout ce tems:
De vrai, ce n'étoit fine Chére,
Mais cependant chaque Inſulaire
Mi-Païſan, & mi-Bourgeois,
Pouvoit parer ſon Ordinaire
D'un fin Lard flanqué de vieux Pois;
A l'exemple du Preſbitére,
Tous, dans cette erreur ſalutaire,
Soupoient pour nous d'un cœur joyeux,
Tandis que nous jeûnions pour eux.
  Enfin pourtant le froid Borée
Quitta l'Onde plus tempérée:
Voyant qu'il étoit plus que tems
D'inſtruire nos Impénitens,
Le Diable, content de lui-même,
Ne retarda plus le Printems;
C'étoit lui, qui par ſtratagême
Leur rendant contraire tout Vent

Avoit voulu, chemin faisant,
Leur escamotter un Carême
Pour se divertir en passant.
Le calme rétabli sur l'Onde,
Mon Curé, selon son serment,
Pour voir comment alloit le Monde,
S'embarque sans retardement ;
S'étant bien lesté la Bedaine
De quatre tranches de jambon,
(Fait, digne de réfléxion,
Car de la Sainte Quarantaine
Déjà la cinquiéme Semaine
Venoit de commencer son cours)
Il vient, il trouve avec surprise
Que dans l'Empire de l'Eglise
Pâques revenoit dans dix jours :
« Dieu soit loüé ! prenons courage,
Dît-il, enfonçant son Castor,
« Grace au Seigneur, nôtre voyage
« Se trouve fait à tems encor
« Pour pouvoir dans mon Hermitage
« Fêter Pâques selon l'usage.
Content, il rentre sur son Bord,
Après avoir fait ses emplettes
Et d'Almanachs & de Lunettes ;

Il part, il arrive à bon port
Dans ſes ſolitaires Retraittes ;
Le lendemain, jour des Rameaux,
Prônant avec un zéle extrême,
Il notifie à ſes Vaſſaux
La datte de nôtre Carême ;
« Mais, pourſuit-il, j'ai mon ſiſteme ;
« Mes Freres, nous n'y perdrons rien,
« Et nous les ratraperons bien :
« D'abord, avant nôtre abſtinence,
« Pour garder l'uſage ancien
« Et bien remplir toute Obſervance,
« Le Mardi-Gras ſera mardi,
« Le jour des Cendres mercredi ;
« Suivront trois jours de Pénitence,
« Dans toute l'Iſle on jeûnera ;
« Et Dimanche, unis à l'Egliſe,
« Sans plus craindre aucune mépriſe,
« Nous chanterons l'*Alleluïa*.

LE LUTRIN VIVANT.

A Monsieur l'Abbé de Segonzac.

DE mes Ecrits aimable confident
Cher Segonzac, ma Muse solitaire
De ses ennuis brisant la chaîne austere
Vient, près de toi, retrouver l'enjoûment:
Je m'en souviens, lorsqu'un sort plus charmant
Nous unissoit sur les Rives de Loire,
Aux Champs heureux dont Tours est l'ornement,
Lieux toûjours chers au Dieu de l'Agrément,
Je te promis qu'au Temple de Mémoire
Je placerois le Pupitre vivant,
Dont je t'appris la naissance & la gloire,
Je l'ai promis, je remplis mon serment;
A dire vrai, cette moderne Histoire
Est un peu folle, il en faut convenir;
Est-ce un défaut? non, si c'est un plaisir.
Dans les langueurs de la mélancolie,
Quoi! la Sagesse est-elle de saison?
Un trait Comique, une vive saillie

Marquez au coin de l'aimable Folie,
Consolent mieux qu'une froide Oraison
Que prêche en vain l'ennuyeuse Raison.
Quoiqu'il en soit, ma Minerve sévere
Adoucira ces grotesques portraits,
Et les voilant d'une gaze légere,
Ne montrera que la moitié des traits.
Venons au fait : Honni qui mal y pense !
Attention : j'ai toussé ; je commence.

NON loin des Bords du Cher, & de Lauron,
Dans un climat dont je tirai le nom,
Est un vieux Bourg, dont l'Eglise sans vitres
A pour Clergé le plus gueux des Chapitres :
Là ne sont point de ces mortels fleuris,
Qui dans les bras d'une heureuse indolence
Exemps d'étude, & libres d'abstinence,
N'ont qu'à nourrir leur brillant coloris ;
On ne voit là que pâles Effigies,
Qui du Champagne onc ne furent rougies,
Que maigres Clercs, Chanoines avortons,
Sans rabats fins, & sans triples mentons,
Contraints d'aller, traînant leurs faces blêmes,
A chaque Office, & de chanter eux-mêmes.
Ils ont pourtant, pour aider leur labeur,
Un Chapelain & quatre Enfants de Chœur ;
Ces Jouvenceaux ont leur gîte ordinaire

Chez Dame Barbe, elle leur sert de Mere
Et de soûtien ; le Public est leur pere.
Il faut sçavoir, pour plus grande clarté,
Que Dame Barbe est une Octogénaire,
Fille jadis, aujourd'hui Doüairiere,
Qui dès seize ans, d'un siécle corrompu
Craignant l'écüeil, pour mettre sa vertu
Mieux à couvert des Mondains & des Moines
Crut devoir vivre auprés d'un des Chanoines,
D'abord servante, ensuite adroitement
Elle parvint jusqu'au gouvernement,
Déja trois fois elle a vû dans l'Eglise
De Pere en Fils chaque Charge transmise,
Barbe en un mot, au Chapitre susdit,
De Race en Race a gardé son crédit.
Or chez ladite arriva nôtre histoire,
En Juin dernier ; l'Avanture est notoire :
Par cas fortuit l'Enfant-de-Chœur Lucas
Avoit uzé l'Etui des Païs-Bas,
Vous m'entendez, sa Culotte trop mure
Le trahissoit par mainte découpure,
Déja la Bréche augmentant tous les jours
Démanteloit la Place & les Fauxbourgs ;
Barbe le voit, s'attendrit : mais que faire ?
Elle etoit pauvre, & l'étoffe etoit chére,
D'une autre part le Chapitre étoit gueux ;
Et puis d'ailleurs le petit Malheureux,

Ouvrage né d'un auteur Anonime,
Ne connoissant parens ni Légitime,
N'avoit en tout dans ce stérile lieu
Pour se chauffer, que la grace de Dieu.
Il languissoit dans une triste attente,
Gardant la chambre, & rarement debout:
Enfin pourtant l'habile Gouvernante
Sçut lui forger une armure décente
A peu de frais, & dans un nouveau goût;
Nécessité tire parti de tout,
Nécessité d'Industrie est la Mere:
Chez Barbe étoit un vieux Antiphonaire,
Vieux Graduel, ample & poudreux Bouquin,
Dont, aux bons Jours, on paroit le Lutrin;
D'épais lambeaux d'un parchemin Gothique
Formoient le corps de ce Grimoire antique,
De ses feüillets de la crasse endurcis
L'âge avoit fait une étoffe *en glacis*.
La Vieille crut qu'on pouvoit sans dommages
Du Livre affreux détacher quelques pages,
Elle en prend quatre, & les coût proprement
Pour relier un Volume Vivant:
Mais le hazard voulut que l'Ouvriere,
Très-peu sçavante en pareille matière,
Dans les feüillets qu'elle prît sans façon
Prît justement la Messe du Patron;
L'ouvrage fait, elle en coëffe à la diable

L'humanité du petit misérable,
Parquoi Lucas chamarré de plein-chant,
Ne craignit plus les insultes du Vent.
Or cependant arrive la Saint Brice
Fête du Lieu, fête de grand office :
Le maître Chantre, Intendant du Lutrin,
Vient au grand Livre, il cherche, mais envain;
A feüilleter il perd & tems & peines,
Il jure, il sacre, & s'imagine enfin
Qu'un Chœur de Rats a mangé les Antiennes;
Mais par bonheur, dans ce triste embarras,
Ses yeux distraits rencontrent mon Lucas,
Qui, de Grimauds renfonçant une troupe,
Sans le sçavoir, portoit l'Office en croupe :
Le Chantre lit, & retrouve au niveau
Tous ses Versets sur ce Livre nouveau;
Sur l'heure, il fait son rapport au Chapitre,
On délibere, on décide soudain
Que le Marmot, braqué sur le Pupitre,
Y servira de Livre & de Lutrin.
Sur cet Arrêt, on le stile au service,
En quatre tours il apprend l'exercice :
Déja d'un air intrépide & dévot
Lucas s'acroche à l'Aigle du Pivot;
A Livre ouvert, le Chapier en Lunettes
Vient entonner; un groupe de *Mazettes*
Très-gravement poursuit ce chant fallot,

Concert groteſque, & digne de Callot.

Tout alloit bien juſques à l'Evangile,
Ferme & plus fier qu'un Sénateur Romain,
Lucas tenant ſa façade immobile,
Avec ſuccès auroit gagné la fin :
Mais par malheur une Gueſpe incivile
Par la coûture entr'ouvrant le vélin,
Déconcerta le ſenſible Lutrin,
D'abord il ſouffre ; il ſe fait violence,
Et tenant bon, il enrage en ſilence,
Mais l'aiguillon allant toûjours ſon train,
Pour éviter l'inſecte impitoyable,
Le Lutrin fuït en criant comme un diable,
Et loin de-là va, partant comme un trait,
Pour ſe guérir, retourner le feüillet.
Le Fait eſt ſûr ; ſans peine on peut m'en croire,
De deux Gaſcons je tiens toute l'Hiſtoire.

C'eſt pour toi ſeul, Ami tendre & charmant,
Que j'ai permis à ma Muſe éxilée
Loin de tes yeux triſtement iſolée,
De s'égayer ſur cet Amuſement
Fruit d'un caprice, ouvrage d'un moment :
Que loin de toi jamais il ne tranſpire !
Si par hazard il vient à d'autres yeux,
Les Eſprits francs, qui daigneront le lire,
Sans s'appliquer, follement ſcrupuleux,

A me trouver un crime dans mes jeux,
Honoreront peut-être d'un sourire
Ce libre effort d'un aimable délire,
Délassement d'un travail sérieux :
Pour les Bigots & les froids Précieux :
Peuple sans goût, Gens qu'un faux zéle inspire
De nos Chansons Critiques ténébreux,
Censeurs de tout, exempts de rien produire,
Sans trop d'effroi, je m'attens à leur ire ;
Déja j'en vois, un Trio langoureux
S'ensévelir dans un réduit poudreux,
Fronder mes Vers, foudroyer & proscrire
Ce badinage, en faire un Monstre affreux :
Je les entens gravement s'entre-dire
D'un air capable, & d'un ton doucereux,
« Y pense-t'il ? quel Ecrit scandaleux !
« Quel tems perdu ! pourquoi, s'il veut écrire,
« Ne prend-il point des Sujets plus pompeux,
« Des traits moraux, des Eloges fameux ? ...
Mais dédaignant leur absurde Satyre,
Aimable Abbé, nous ne ferons que rire
De voir ainsi ces graves ennuyeux
Perdre à gronder, à me chercher des crimes,
Bien plus de tems & de peines entre-eux,
Que je n'en perds à façonner ces rimes.
Pour toi, fidéle au Goût, au Sentiment,
Franc des travers de leur aigre doctrine,

Tu n'iras point peser stoïquement,
Au grave poids d'une Raison chagrine,
Les jeux légers d'une Muse badine ;
Non, la Raison, celle que tu chéris,
A ses côtez laisse marcher les Ris,
Et laisse au Froc ces vertus trop fardées,
Qu'un plaisir fin n'a jamais déridées :
Ainsi pensoit l'amusant Ducerceau,
Sage enjoüé, vertueux sans rudesse,
Des Sages faux évitant la tristesse,
Il badina sans s'écarter du Beau,
Et sans jamais effrayer la Sagesse :
Ainsi les traits de son heureux Pinceau
Plairont toûjours, & de Races en Races
Vivront gravez dans les Fastes des Graces,
Et les Censeurs obstinez à ternir
Son Art chéri, par l'ennui pédantesque
D'un Français fade ou d'un Latin Tudesque
Endormiront les Siécles à venir.

FIN.

www.ingramcontent.com/pod-product-compliance
Ingram Content Group UK Ltd.
Pitfield, Milton Keynes, MK11 3LW, UK
UKHW021817190726
13853UKWH00003B/1034